再見！海男孩
作者◎李光福　繪圖◎林俐

推薦序

淡淡的哀愁　深深的啟示

傅林統（資深兒童文學作家．桃園縣退休校長）

一個嬌生慣養，卻也活潑聰慧的都市小女孩——雅芳，有一次爸媽因公司業務雙雙出國，暫時讓她住在漁村的外婆家。

本來心不甘情不願下鄉的雅芳，竟然與「村子裡最有名的好男孩」奇遇式的相逢海邊，於是她的心境發生了極大的變化，從心底排斥的漁村，卻在阿海充滿智慧的解說中，變得多彩多姿，洋溢著生命的活力。

這是多麼富於浪漫情懷的漁村假期！當爸媽回國了，要帶雅芳離開時，一對相知相惜的朋友，彼此心中的難分難捨和悵惘，是多麼的濃密密呢！可是命運總是喜歡捉弄人，當雅芳期待的舊地重遊，得到的消息竟然是阿海不見了，是在一次淨灘活動時，遭遇橫衝直撞的海灘車奪走了生命，雅芳心靈上的打擊多麼的沉重！頓時陷入難以承受的哀愁。

沒有阿海的海灘，在雅芳心目中已完全失去了彩色，是睹景傷情的死寂一片，一刻也待不住的傷心地。

看來這是一齣悲劇，人的一生總是免不了生死別離，不過任何悲劇都會隨著時光的步履，逐漸轉成淡淡的哀愁，深鎖在記憶的心湖。

這深深觸動少年心的故事，作者卻穿綴著豐富的意涵，透過「理想的海男孩」，以他的形象和言行，啟示我們許許多多海的智慧。

首先我們看到阿海跟雅芳說：「海，是有生命的！」阿海對海灘的生態瞭若指掌，寄居蟹是有生命的，空貝殼也曾經有過生命，凝視生命的心靈之眼，多麼深邃幽美！

阿海也讓雅芳知道：「海，是有感情的！」有溫度、會流動、也有心情的變化，寧靜的時候多麼閒情逸致，發怒的時候多麼波濤洶湧！海的特性給人多麼深刻的啟示！

海，有豐富的資源，是人們生活的伴侶，漁村靠海謀生，海的魅力喚來觀光客，然而人們的無知和缺乏公德心，汙染了海，輕蔑了海的尊嚴！

海，需要人們的欣賞和敬畏，阿海就是懂得這道理的好少年，他淨灘、維護生態、豎立警告牌，帶著海的氣質把溫馨散播全村，感染來自都市的小女孩。

海，給親近它的人，潛移默化，培養質樸、泰然自若、樂天知命的性格。颱風過後，外婆的菜園被摧毀，她無怨無悔，顯現無比的生命力將它復原。相較於颱風過後的海灘，垃圾、漂流物處處成堆，不知尊重海的人，何等卑劣！

這是一部引人入勝，扣人心弦，非一口氣讀完不可的小說，在情意綿綿的故事裡，有多重的啟示意義，其一，那發自少女情懷的淡淡的哀愁，是人生際遇無常的善知識，讓我們更懂得珍惜生命的每一刻。其二，幸福安樂的社會，有賴人與人之間愛的交流，故事裡深刻入微的描述親子、祖孫、鄉親、友朋之情，值得細細品味。其三，海的知識、海的智慧，是人類不可或缺的學問，海洋占地球表面百分之七十，是一切生命的根源，我們怎能忽視它呢！

好書既出，莫遲疑！快樂閱讀，深入體會！當作者的心與你的心相互交融時，那是多麼美好的文學饗宴！

自序

海的故事

李光福

說到海，我是又愛又怕！

在花蓮念書的時候，離學校一公里半的地方，就是著名的七星潭。當時，那兒還沒開發成休閒觀光區，出入口也有海防駐守。我常常利用星期日早晨，和三五好友從學校出發，散步到七星潭，然後沿著海岸向南走，經過一座很可怕的垃圾傾倒場，再走回學校，趕著吃午餐。

七星潭的海岸算是岩岸，海灘上都是雞蛋般大小的石頭，雖然沒有沙灘的美，卻有另一種吸引人的特質。走一趟海灘，可以撿到各式各樣的貝殼，可以看到不少海膽的遺骸，也可以拾到許多紋路特殊的石頭……離開花蓮數十年，我印象中最深刻的，就是七星潭那片海灘！

好幾年前，有一次，跟著旅行團到屏東小琉球遊玩。回程時，由於是最後一班船，船已經明顯超載，加上有人受重傷，船家急著將傷患送到高雄急救，加足馬力向前航行。當時，天氣已經變壞了，浪頭很高，船隻就在狂風巨浪中破浪前進。浪打來，船頭翹向天空，眼前是灰濛濛一片；浪過了，船頭栽進海水裡，甲板上的旅客（包括我）全泡在海水裡。

許多女性旅客都嚇壞了，呼天搶地的哭號著，但是船長完全不當一回事，依然「勇敢」的乘著風、破著浪。經過幾十分鐘的「生死交關」，船終於安然無事的靠了岸。下船後，我發現：在小琉球買的名產，全都還給了海洋；中午在小琉球吃的海鮮，也都吐進海水裡了——那次，是令我永生難忘的經驗！

台灣是個海島國家，對於生長在這個島上的每個人來說，海，占了一份舉足輕重的地位。在生活方面，它是許多島民賴以維生的經濟來源；在休閒方面，它提供了島民休憩娛樂的場所；在資源方面，它是一座取之不竭、用之不盡的寶庫……因此，身為這座島上一份子的我們，從小就應該對海有所認識、有所了解，進而才能學會善待海洋、運用海洋、享受海洋。

指導小朋友認識海洋、了解海洋，當然有其必要性。不過，台灣的小朋友很可憐，不論學習什麼，都要被冠上「教育」兩個字（海洋教育即是），原本可以用很美、很柔、很生活的方式學習的東西，冠上「教育」兩個字之後，變硬了、變僵化了、變教條了；原本可以輕鬆、快樂吸收的知識，變成強迫、灌入式的接受。老實說，我不喜歡這樣的教育方式！

《再見！海男孩》是一個很柔、很感人的故事，但是柔中帶剛、感人而不感傷。藉由這個故事，我想告訴小朋友海的柔、海的美，海的有容乃大、海的瘋狂可怕。我也相信：透過《再見！海男孩》這個故事，小朋友能從柔柔軟軟的情節中，學到硬邦邦的知識！

接下來，就請大家跟著女主角——楊雅芳，一起到海邊去拜訪「海男孩」吧！

推薦序／傅林統 **淡淡的哀愁 深深的啟示** 04

自序 **海的故事** 08

不見去年人 14

海邊的外婆家 24

陌生的男孩 32

警告標語 40

曾經是生命 48
海的美麗與瘋狂 58
假日海灘 66
蚵仔 76
林投樹的故事 84
同病相憐 92
海的聲音 100
最後一天 108
再見！海男孩 116

不見去年人

不知不覺中，夕陽已經落到海平線上了。

看到這景象，我想起那次老師教「旦」字時，她說，日是太陽，一是地平線，太陽在地平線上方，表示日出了，所以旦的意思是就是「早晨」。眼前也是「旦」呀！它是不是應該也有「傍晚」的意思呢？

再次看向夕陽，它的三分之一已經

在海平線下了。我確定，且應該沒有「傍晚」的意思！

餘暉斜照在海面上，隨著波浪的舞動，有說不出的金碧輝煌、燦爛耀眼。這景象對住在都市的人來說，應該是「此景只應天上有」吧！至少我是。

我坐在去年和阿海初識的石頭上，一邊欣賞著海面的金碧輝煌，一邊左右張望尋找阿海的影子。

我以為只要到海邊，就一定能遇到阿海，可是三天了，這三天，我看到很多人，看到海，就是沒看到阿海，他去哪兒了呢？

看看石頭旁阿海去年立的那塊警告標語，紅色油漆寫的字雖然褪色了，但依稀看得出「請勿隨意丟棄玻璃」八個字。我站起來，打算去他家看個究竟，但腳步卻沒有移動——我忽然想到，一個女孩子登堂入室的去找男孩子，不是很奇怪嗎？

三分之二個夕陽落入海中了。

由於不是假日，海邊遊客稀少，只有一男一女情侶模樣的兩個人在沙灘上追逐。追著追著，女的突然蹲下來，一直摸著腳。男的也蹲了下來，看著她的腳。兩個人「談」了一會兒，同時站起身子，男的攙扶著女的，一跛一跛的向岸邊走過來。

我猜，那個女的一定被什麼尖銳的東西刺到腳了，很痛，男的才會扶著她。

這一幕，好熟悉呀！我腦海浮出一幅似曾相識的畫面——女的是我，男的是阿海，去年的這個時候，我們也演了一齣相同的戲碼。

在陣陣海浪聲中，隱約傳來這樣的對話：

「很痛耶！走慢一點啦！」

「這一點小傷你也叫痛，別笑死人了好不好！」

……

我聽了，忍不住會心一笑。

夕陽完全沒入海中，天色漸漸暗了，我還是沒見到阿海的影子，只好失望的跳下石頭。

回程中，我刻意經過阿海家的飲食店，看看他是不是在店裡幫忙。站在店門口，一眼望進去，裡頭冷冷清清的，一個客人也沒有。既然沒有客人，阿海當然不可能在店裡幫忙。

這時，一個婦人朝我看了過來。雖然一年沒見，我依舊認得出，她就是阿海媽媽。怕像上次那樣出糗，我立刻轉過身子，拔腿就跑。

衝進門，差點和外婆撞個滿懷。外婆瞅我一眼，問：「發生什麼事了？衝這麼快做什麼？」

「我……沒有啦！」我上氣不接下氣的胡謅：「我是怕你擔心，所以……跑回來。」

外婆看看我，若有深意的笑著說：「是這樣嗎？那就早一點回來，就不用跑成這樣了呀！」

看到外婆詭異的笑，我不知道她是不是看出了什麼，覺得只要離開她的視線，就沒什麼事了，趕緊應了聲「喔」，立刻躲回房裡。

晚餐，只有我和外婆兩個人吃。吞下嘴裡的飯菜，我問：「外婆，你知道……

阿海嗎？」

「阿海？」外婆側著頭，反問：「你說的阿海是……」

外婆怎麼這麼健忘？他還曾誇阿海是「村子裡有名的好孩子」呢！我說：「就是『海岸飲食店』的阿海嘛！」

外婆恍然大悟說：「喔！那個阿海呀！你……問他做什麼？」

「沒……有啦！去年我來的時候，不是認識了他嗎？可是……我已經來三天了，還沒看到他，所以……」

外婆嘆了一口氣，說：「你說的阿海，真是倒楣呀！他……死了。」

死了！怎麼會呢？聽到外婆說阿海死了，我震驚的差點把嘴裡的飯菜噴出來，眼睜睜的看著外婆，等著她把事情的原委說出來。

外婆說，阿海是個愛海的孩子，他不但常在沙灘撿拾垃圾、維護沙灘整潔，還豎立許多標語警告、提醒遊客。有個假日，沙灘上人很多，阿海在撿垃圾時，被一輛駛進沙灘的吉普車撞到了，送醫急救後，可惜回天乏術……

聽著外婆娓娓道來，我竟然忘了吃飯，不！應該說是沒胃口了——阿海死了！想不到阿海竟然死了！

晚餐後，我獨自坐在門前，聽著海浪的聲音，腦中思潮起伏著。考慮了許久，我站起來，跨步往前走，想去阿海家一趟。才走了幾步，又停了下來。

外頭黑漆漆的一片，已經夠嚇人了，加上阿海死了，萬一他像去年那樣突然「出現」，那……不是更可怕嗎？雖然我知道他並不會對我怎麼樣，不過，還是讓人毛骨悚然，所以我立刻轉身進屋。

「雅芳，從吃飯的時候，你就一直心神不寧，是不是怎麼了？」外婆問。

「沒……沒有啊！」我支支吾吾的說。

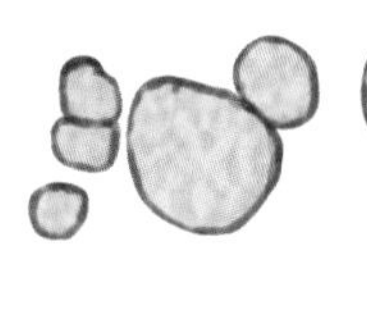

「沒有最好，萬一真的怎麼了，可要告訴我喲！不然，你爸媽會怪我的。」

「我沒事啦！外婆。」

回到房裡，我有打電話給爸媽，請他們明天來接我回家的衝動，因為阿海死了，我留在這裡也沒什麼意思了。若是真打電話了，爸爸或媽媽一定會「不是才去嗎？怎麼又要回來了？」的打破砂鍋問到底，我該怎麼解釋呢？想了又想，還是不要打的好！

躺在床上，海浪聲一陣一陣的在耳畔響著。聽著陣陣的海浪聲，我眼前出現了阿海的影子和笑容；隨著阿海笑容的擴散，我穿過了時光隧道……

海邊的外婆家

才剛放暑假，就聽到爸媽要出國的消息。得知這訊息，最興奮的人，當然就是我！出國，多好呀！可以品嘗不同風味的食物，可以欣賞不同美感的景色，還可以把老師交代的暑假作業拋在一旁……於是我開始編織起出國遊玩的美夢了。

只是，我的興奮沒能維持多久，出國遊玩的美夢就破碎了，不同風味的食物、不同美感的景色，統統變成了幻影！

同在一家公司當主管的爸爸媽媽說，他們出國，是被公司派去開會，並不是去玩，所以不能帶我去！

聽到「不能帶我去」，我有多失望呀！那種失望的程度，用任何一種度量衡的儀器都沒辦法測量出來！既然不能帶我去，那我怎麼辦？誰煮飯給我吃？誰來照顧我？畢竟我只是個即將升上五年級的小女孩呀！

媽媽說，她和爸爸商量好了，外婆只有一個人住，十分孤單、寂寞，她打算把我送到外婆家，請外婆照顧我，要我順便陪陪外婆。

聽到外婆家，我更嘔了。外婆家在海邊，那兒除了海，什麼也沒有，既不能逛街，也沒有好玩的東西，去住外婆家，簡直就是把我從天堂送進地獄！

雖然每年農曆初二，我會陪媽媽回娘家，但頂多只待一天；偶爾，我也會陪媽媽去看外婆，吃過午餐後，就立刻打道回府了。

外婆雖然是我的親外婆，和我有著血緣關係，我也知道她很疼我、會對我很好。但以往短暫停留的經驗告訴我，住外婆家，是一件十分枯燥無味的事，我也不確定和外婆同住後，能擦出什麼火花。

因此，我懇求媽媽仔細想想，除了外婆家，有沒有其他讓我棲身的地方。媽媽斬釘截鐵的搖搖頭，說除了外婆家，她沒有其他的選擇！

既然媽媽沒有其他的選擇，我的選擇也只有一個了。

一早，媽媽把我的行李丟上車，開始了她的催功：「雅芳，快一點啦！我和爸爸還有許多事要處理呢！」

快？我已經很努力的加快動作了呀！但一想到外婆家的無趣，不知不覺又慢了下來。

「不是我們不帶你去，而是不能帶你去，知道嗎？」

我當然知道「不帶你去」和「不能帶你去」的區別，只是，除了外婆家，真的沒有其他的選擇了嗎？

媽媽看我慢吞吞的，終於忍不住了，半哄半推的把我「塞」進了車裡。

以往陪媽媽去外婆家，坐在車裡，我總有一份期待、一種興奮。今天，期待

不見了，興奮消失了，取而代之的，是強烈的排斥與擔心。我排斥海邊外婆家那種單調乏味的生活，我更擔心要如何度過未來的十天。

媽媽似乎想彌補我，故作關懷的問：「雅芳，你想要什麼？爸媽回國時，順便幫你買回來。」

不是去開會嗎？既然可以順便買東西，就表示也安排了玩的行程呀！

爸爸敲著邊鼓說：「你不是很喜歡吃巧克力？就幫你帶巧克力吧！」

是呀！我很喜歡巧克力，只怕到時巧克力吃起來是苦的！

視野忽然變遼闊了，雖然窗子是關著的，我彷彿已經聽到陣陣海浪拍打沙灘的聲音，聞到那腥腥、鹹鹹的海風味，身上的細胞開始不安起來。

媽媽說：「住在外婆家，要勤快一點，不要只會茶來伸手、飯來張口，像個大小姐似的。」

拜託！我什麼時候茶來伸手、飯來張口了？在家的時候，我不是常常做家事嗎？還有，我什麼時候當大小姐了？爸爸媽媽不也常把我使喚來、使喚去嗎？我哪是大小姐？根本就是下女嘛！

媽媽繼續嘮叨：「外婆年紀大了，你要學著照顧她，不要給她添麻煩。」

媽媽不是說「除了外婆家，沒有其他選擇。」嗎？既然怕我給外婆添麻煩，她為什麼不找個我不會給人家添麻煩的地方棲身呢？

媽媽竟然還要我照顧外婆？拜託！我還沒升五年級耶！自己都需要外婆照顧了，我哪會照顧外婆呀？再說，天底下有小孩子照顧大人的事嗎？應該沒有吧！

媽媽還想再說下去，爸爸制止她說：「好了好了，雅芳和外婆住了後，她自然就會做，你不要再說了。」

車子剛停下來，外婆養的小黑就「汪汪」的叫起來，不知是向我示好、歡迎我的入住，還是向我示警、提醒我未來的十天要識相點兒。

隨著小黑的叫聲，外婆從屋裡走了出來，笑容滿面的靠近車子。我心裡雖然有著排斥與擔心，但生米已經煮成熟飯了，再想到外婆對我的好，我只好乖乖的下了車。

看到我，外婆親切的說：「雅芳，歡迎你來陪外婆住啊！」

我尷尬的笑一笑，沒有出聲。

進到屋裡，爸爸媽媽和外婆聊了一些話、交代了一些事，再對我耳提面命一番，就「正式」的把我留在外婆家，小倆口歡天喜地的離開了。

看到爸媽離開，我有點想哭。外婆在身邊，萬一我真的哭出來，外婆一定會手忙腳亂，所以我壓抑著悲傷，努力的不讓淚水掉下來，可是，太難了。

我衝到屋外，找個地方坐下來，偷偷流眼淚。這時，小黑過來了，牠在我身旁繞著圈圈，一直搖著尾巴。我知道，牠在向我示好。我摸摸牠的頭，牠也順從的讓我摸。

未來的這十天，除了外婆，小黑大概是我唯一的伴侶了，我得好好對待牠才是，於是又摸了牠幾下。

外婆的聲音傳了過來：「雅芳，你在哪裡？回來吃午飯了！」

我趕緊擦擦眼角的淚水，站起身子，回去陪外婆吃午餐。

陌生的男孩

昨晚是我第一次在外婆家過夜，房間的格局不適應，被子的味道不適應，床的軟硬度也不適應，加上那有如鬼哭神號的海浪聲，讓我一整晚都在半睡半醒之間。

走出房間，外婆早就起床了，看到我，她訝異的問：「雅芳，你怎麼起得這麼早？」

我不敢說一夜沒睡好，胡亂掰著：「我……向來就很早起呀！」

「那……你先到外面逛逛，別走太遠喔！馬上要吃早餐了。還有，外面風大，記得加件衣服。」

我沒有加衣服，就走了出去。小黑跑了過來，興奮的向我示好，我顧不得有點冷，蹲下來逗著小黑玩──我說過，小黑是我未來十天的伴侶，得好好對牠。

早餐吃稀飯，配荷包蛋、豆腐乳和炒花生。

在家時，早餐不是漢堡，就是三明治，從來不曾吃過稀飯。熱呼呼的稀飯，燙得我差點吐出來，豆腐乳和炒花生我也吃不慣，但為了不讓外婆「難堪」，我忍著燙，一粒一粒數著飯粒，配著我唯一能接受的荷包蛋吃。

「吃不慣呀！」外婆問。

「不是！是太燙了。」我心虛的答。

「明天我早點煮，放涼了再吃，就不燙了。」外婆自以為是的說。

好不容易數完一碗稀飯，我已經滿頭大汗了，眼前最好的降溫方法，就是到外面吹吹風，於是我對外婆說：「我想去海邊走走。」

「你一個人去太危險了，要不要我陪你去？」外婆問。

「不用啦！我自己去就好了。」

「那……好吧！不過，你只能在岸邊，不可以到水裡喔！」

「你放心，我知道。」

出了門，小黑又繞著我搖尾巴，我以為牠會跟著我，想不到牠只走了幾步，就停下來目送我。哎！畢竟牠是外婆養的，當然對外婆比較忠心啦！

站在岸邊，看著一望無際的大海，我忽然覺得豁然開朗了。來外婆家不計其次，我卻是第一次這麼接近海、第一次看清海的面貌，原來海是「長」成這樣的！

我爬到一顆石頭上，閉著眼睛，任海風不斷向我吹來，好舒服呀！低頭看看，石頭旁是沙灘，我決定下去體驗一下腳踩在沙灘上的感覺，於是脫了鞋子，縱身往下一跳。

就在我的腳接觸到沙子的一瞬間，一陣刺痛從腳底傳來，我叫了聲「哎

喲」，連忙舉起腳一看，哇！鮮紅的血流了出來，還沾了一坨沙子。

看到鮮血不斷流出來，我愣住了，不知如何是好，放聲大哭起來。海邊沒半個人，外婆家也有一段距離，我哭得再大聲，也沒有人會聽得到，該怎麼辦呢？

正當我孤立無依的時候，一個陌生的聲音在身旁響起：「你怎麼了？」

我一邊哭，一邊抬頭看，眼前站著一個皮膚黝黑、個頭比我大一點的男生，他直盯著我看。我指著腳，抽噎著說：「我……腳受傷了！」

他蹲下來，看看我的腳，一派輕鬆的說：「啊！你的腳怎麼吐檳榔汁了？」

這個該死的傢伙！明明是鮮血，他卻說檳榔汁！不過，聽到「檳榔汁」三個字，我竟忍不住笑了出來。

他叫我坐下來，把腳伸到他面前，從袋子裡拿出一瓶礦泉水，說了聲「有點痛，忍耐一下喔！」，然後把水往我腳底沖，幫我清洗傷口。

水一碰到傷口，又是一陣刺痛，我忍不住大叫：「哎喲！好痛！輕一點啦！」

他停下動作，說：「拜託！我只是沖水，要怎麼輕一點？」

說完，他又繼續沖，然後用兩隻拇指按在傷口旁邊，把髒血擠出來。這一擠，真的很痛，我齜牙咧嘴的忍著，不敢再叫出來。

再次清洗傷口後，他拿出一條既像抹布，又像手帕的布把我的腳包起來，說：「暫時沒事了，趕快回去看醫生吧！」

我站起身子，試著走一步，然後搖著頭說：「很痛，我沒辦法走。」

他看看我，說：「好吧！我犧牲一下。你住在哪裡？我扶你回去。」

沒等我回答，他抓住我的手臂，半拉著我往前走。我生平第一次被男孩子碰觸，而且還是個陌生男孩，被他這麼一抓，心跳得異常快速，一時竟然忘了痛，邁開腳步被他拉著走。

一會兒，心跳恢復正常了，痛的感覺再次出現了，我叫著：「喂！很痛耶！

走慢一點啦！」

他毫不體貼的說：「這一點小傷你也叫痛，別笑死人了好不好！」

雖然他嘴裡這麼說，卻真的慢了下來。就這樣，他扶著我，我一跛一跛往前走。一路上，兩個人都沒有再說話——因為我們互不相識，根本沒話好說。

經過一番「長途跋涉」，外婆家就在前面了。我停下腳步，說：「我就住在那裡，可以了。」

他看看外婆的房子，又看看我，說：「喔！原來你住在這裡呀！好，自己慢慢走回

去吧！我走了。」然後，一溜煙的不見了人影。

外婆看我受傷了，連忙把我扶進屋裡，拿出醫藥箱幫我敷藥，一邊敷，一邊不停的念「早知道就不讓你去海邊了。」「你爸媽知道了，一定會責怪我的。」「還好只是小傷，不然就慘了。」……

外婆念的時候，我根本沒有注意聽，我只想著剛才那一段奇遇，跟某些電影裡男女主角相遇的情節好像呀！說起來，我真得好好感謝那個男生才是，若不是他，我可能還在海邊大哭呢！

對了！說到感謝他，我剛才竟然忘了向他道謝！還有，我連他是誰、住在哪兒、叫什麼名字都不知道，要怎麼向他道謝？

警告標語

我腳底的傷只是皮肉傷，敷藥後，經過一個下午和一個晚上的休息，早上起床後，雖然還有一點痛，不過，已經可以活蹦亂跳了。外婆不准我再到海邊去，不然，若是發生更嚴重的意外，她會承擔不起的。

雖然外婆這麼說，我卻很想再去海邊，希望能再遇到那個男生，好好的向他道謝。但外婆畢竟是外婆，是長輩，而且我目前是「寄人籬下」，最好安分點兒，才不會被外婆嫌棄。

早餐後，我陪外婆到屋後的菜園澆水，然後再回到屋前，逗著小黑玩。一整個上午，就這麼無趣的度過了。

午餐後，外婆要睡午覺，睡前，她交代我不可以去海邊，以免再發生意外。

外婆的「命令」，我當然得聽，她睡後，我拿出暑假作業，一個字一個字的寫起來。

沒多久，我不耐煩了，忍不住抱怨著：「老師真是的！放假嘛！幹麼還出作業？開學後，她改得完嗎？」

我想，有一天，我如果也當了老師，寒暑假絕不出作業，這樣，就不會虐待學生，更不會虐待自己，還會得到學生的愛戴，多好呀！

寫完作業，我又無聊了。海浪聲一陣陣的傳進耳裡，聽了，我又起了去海邊的念頭。

對了！外婆不是在睡午覺嗎？我可以趁著她睡覺時，偷偷溜去，只要在她醒來之前回來，不就沒事了？可是，我並不清楚外婆午睡的時間有多長，萬一她醒了，我還沒回來，不就露出馬腳了？

想來想去，我決定還是安分點兒比較好。媽媽交代過，叫我不要給外婆添麻煩。昨天我已經給她添了麻煩，再添一次，恐怕外婆會受不了，而將我掃地出門呢！

外婆醒了，我按捺不住內心的衝動，問：「外婆，我……可不可以去海邊？」

外婆一聽，語氣堅決的說：「你忘了昨天受傷了？不行！」

「我去一下下就好了嘛！」我哀求著。

「萬一你又出事了怎麼辦？」外婆依然很堅決。

看到外婆的態度，我只好把想去向那個男生道謝的事說出來。外婆聽了後，居然大發慈悲的答應了，不過，她要我不准到沙灘上、不准進入水中、不准受傷、不准……

我哪顧得了外婆那麼多的「不准」？我只要她「准」我去海邊就好了！於是

應了一聲「好啦」，頭也不回的衝出去，三步併做兩步的來到海邊。

天底下就有這麼巧的事！我昨天受傷的那顆石頭旁，那個男生正在豎立牌子。

我輕輕靠過去，問：「嗨！你在做什麼？」

他抬頭看看我，說：「是你呀！我在豎立警告標語呀！你昨天不是在這裡被刺傷了嗎？」

我看看牌子，上面用紅漆寫著「請勿隨意丟棄玻璃」八個字，又問：「你是因為我被刺傷，才立這塊牌子的嗎？」

他停下動作，說：「才不是呢！這附近的牌子都是我立的，看！那邊、那邊，還有那邊。」

「你立這些牌子做什麼？」

「警告或提醒遊客呀！來這裡的遊客，很多都缺乏公德心，常常丟棄垃圾或瓶罐，你昨天腳受傷，就是被碎玻璃刺的。立這些牌子，是要大家發揮公德心，保障其他遊客的安全。」

聽了他的說明，我很納悶，他和我一樣只是個小孩子，怎麼會做這些事？於是又問：「你有擔任什麼職務嗎？比如說志工，不然怎麼會做這些事？」

他搖著頭說：「沒有！因為我住在這裡，所以有責任保護這裡。」

什麼！他只是住在這裡！哇！我真是太佩服他了！

「對了！謝謝你昨天幫我清洗傷口，還有……扶我回去。」我靦腆的說。

「別客氣，我也只是順路罷了。」他不在意的說。

「我叫楊雅芳，你叫什麼名字？」我鼓起勇氣問。

「我住在海邊，所以叫作阿海。」他率直的答。

因為住在海邊，所以叫作阿海！這是什麼理由？那住在山上的人，應該叫作阿山；住在溪邊的人，應該叫作阿溪。叫阿天的人怎麼辦？不就住在天上？想到這些，我噗哧的笑了出來。

「我的名字很好笑嗎？」

「我不笑，難道叫我哭嗎？」

「昨天你不是在這裡大哭？」

我臉上突然一陣滾燙，說了句「你……」之後，就語塞了。

阿海說，他從來沒見過我，知道我不是本地人，問我怎麼會來這裡住，和外婆是什麼關係。我覺得阿海是個可以信賴的人，就把我來住外婆家的原委告訴他。

阿海恍然大悟的說：「喔！原來你是都市來的呀！」

「都市來的？有什麼差別嗎？」我問。

阿海說，因為我是都市來的，受了點小傷，才會大驚小怪。換了是本地人，那一點小傷，根本就像喝開水一樣。

聽了阿海的話，我也恍然大悟：原來，受傷也有都市和本地的區別呀！這可是我第一次聽說呢！

阿海收拾好工具，拍拍手上的灰塵，吐口氣說：「好啦！看了這些警告標語，希望遊客離開的時候，可以留下美好的回憶，而不要留下骯髒的垃圾！」

我看著阿海，愣住了。這麼意思深遠的話，竟然是從一個海邊男孩的嘴裡說出來的，真是太令我驚訝了！

和阿海道別後，我忽然有一種很微妙的感覺：雖然才認識不久，我卻覺得阿海是個很奇特的人，所以我決定要利用在外婆家的這幾天，好好的「研究」他，說不定可以從他身上得到意外的收穫喔！

請勿
亂丟垃

曾經是生命

晚餐吃到一半，外婆忽然問：「你向那個扶你回來的男孩道謝了嗎？」

我嚥下口中的飯菜，說：「有！」

外婆又問：「那個男孩是誰？」

「他說，他叫阿海。」

「阿海！原來是他呀！」外婆頻點頭。

「外婆，你認識他嗎？」我急著問。

外婆笑笑答：「這個漁村才多大，人才幾個，我當然認識啦！」

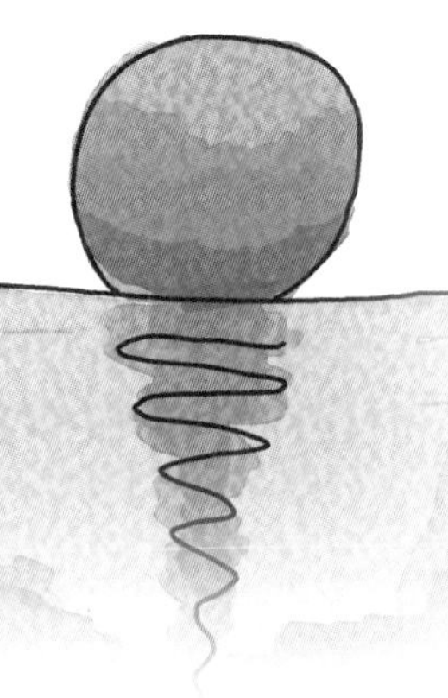

聽外婆說認識阿海，我順勢問她，能不能和阿海一起玩？外婆說，阿海是村子裡有名的好孩子，我當然可以跟他玩。得到外婆的首肯，我高興極了，忍不住多吃了半碗飯！

這是我到外婆家的第三個夜晚，房間的格局、被子的味道和床的軟硬度都漸漸適應了，照理說，我應該很好入睡才是。躺在床上，我卻依然睡不著，睡不著是因為我思緒澎湃，思緒澎湃是因為阿海！

原本我是極不情願的來外婆家住的，遇到阿海後，心中的不情願消失了，反而湧出了一種莫名的期待。期待什麼呢？我也說不出來！

不是說過要好好「研究」阿海嗎？既然外婆同意我和阿海玩，我確信百分之百可以從阿海身上「研究」出許多所以然來，也許，這就是我的期待吧！

隔天早餐後，我陪外婆到屋後的菜園澆了水，對外婆說一聲「我要去海邊」，就匆匆趕著出門。外婆大概知道我想去找阿海，沒有阻止，也沒有特別叮嚀什麼。

來到海邊，我站在那顆石頭上，張大雙眼，仔細搜尋沙灘上每個角落。沙灘上空蕩蕩的，半個人影都沒有，哪有阿海的人影？

我忽然想到，阿海不像我是個閒人，也許他家有事要幫忙，哪可能沒事就往海邊跑？於是，我略微失望的回到外婆家。

吃過午餐，外婆照例去睡午覺。寫完暑假作業，我不安分的細胞又活躍了，在陣陣海浪聲的催促下，我寫了一張紙條，交代了去向，然後放在桌子上。外婆醒來後，看到紙條，就知道我上哪兒去了。

再說，外婆也同意我和阿海玩，對於我的「不告而別」，相信她絕不會生氣的。所以，我大大方方的出了門，往海邊直奔而去。

接近黃昏了，沙灘上出現了三三兩兩的遊客，但就是沒看到阿海。我東張西望的找了一陣子，阿海終於現身了，他背著籮筐，拿著夾子，低頭夾著垃圾。

等他靠近，我問：「你已經立警告牌子，還要負責撿垃圾呀？」

阿海說：「不是『負責』，是『順便』！就算立了牌子，還是有人當作沒看到呀！這些垃圾若是不撿，這片沙灘就不美了。」

我放眼看向沙灘，沒錯！美麗的沙灘上出現了不美的垃圾，真的會破壞美觀。我在心裡再一次佩服阿海！

「嗨！想不想玩水？」阿海忽然問。

本來我想說「好」，但想到外婆的話，洩了氣的說：「可是……我外婆不准我下水。」

阿海說：「沒關係！如果你外婆要罵你，你就說是我拉你下水的，她應該就不會罵了。」

也對！外婆不是說「阿海是村子裡有名的好孩子」嗎？有他當盾牌，就算下了水，外婆應該不至於罵我吧！我脫了鞋子，放心的跟著阿海往淺水的地方走去。

走沒多遠，眼前一大片潮溼的沙灘上，出現了一堆堆圓圓的小沙球，我驚奇的叫：「好可愛喔！這是什麼？」

阿海撥開沙球，指著一個小洞說：「這是螃蟹的家，螃蟹把洞裡的沙滾成沙球推出來後，就可以住在裡面了。」

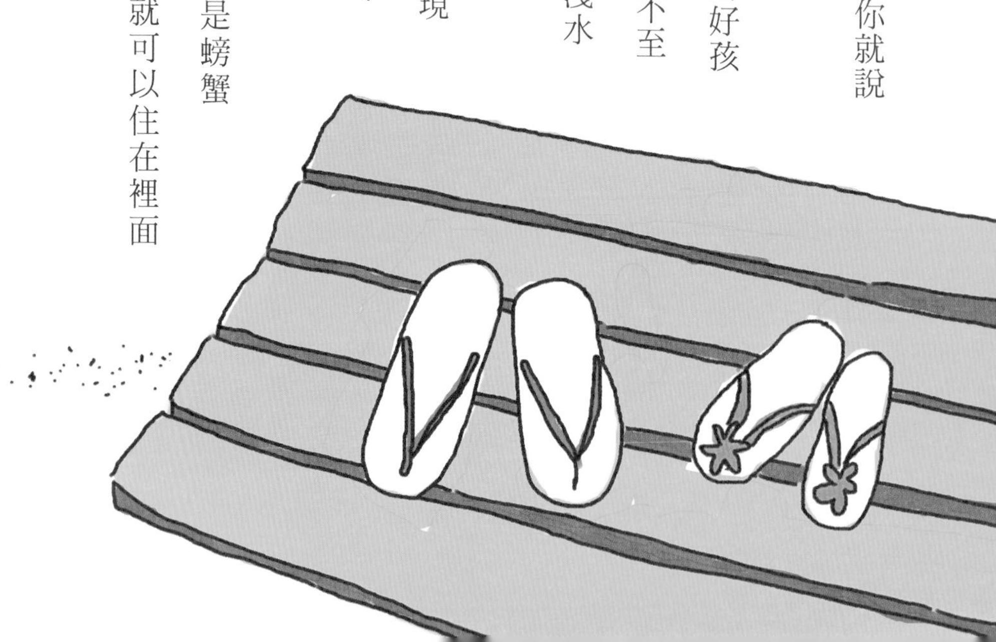

「裡面真的有螃蟹嗎？」我問。

阿海沒說話，動手挖起沙子，不久，他抓著一隻小螃蟹，說：「這就是呀！」

我接過小螃蟹，驚奇的說：「真的耶！好可愛喔！」

小螃蟹被我逗弄了一會兒，阿海說：「放了牠吧！牠還沒長大，把牠弄死了，你會有罪孽的。」

我把小螃蟹往沙上一放，牠立刻八腳狂奔的跑走了——阿海說的對，牠還沒長大，就讓牠平平安安的成長吧！

又往前走了一段，阿海突然蹲下去，撿了個東西，拿到前方用海水清洗，又回到我面前，把手一伸，說：「這個給你。」

我定眼一看，忍不住驚叫：「哇！是貝殼耶！好漂亮呀！」然後接過來，反覆賞玩著。

「別看它只是個空殼子，它也曾經是個生命喔！」阿海忽然說。

曾經是個生命？我停止賞玩，直盯著阿海看。

「它的主人活著的時候，背著它在海底世界爬來爬去，享受生命的樂趣。主人死後，留下它，讓人類撿了、觀賞它的美，甚至用來珍藏，讓生命得以延續。它不但曾經是個生命，現在也是生命，一種看不見的生命。」

聽了阿海的解說，我明白了，是呀！它曾經是個生命！現在是，未來也是，只要不被壓碎，它永遠都是！

同樣是孩子，住在海邊的阿海體會這麼深刻，而住在都市的我，卻只會膚淺的觀賞它外表的美，差別真大呀！想到這兒，我汗顏了，不過，我沒讓阿海看出來。

雙腳在海水裡泡了一陣子，阿海說，快要漲潮了，叫我快回岸上，不然就要葬身大海了。我半信半疑的往岸上走，才上岸，回頭一看，果然海水已漲到腳下不遠處了。嗯！阿海不愧是阿海！

回家前，阿海問我會不會釣魚？想不想明天跟他一起去釣魚？長到這麼大，我從沒釣過魚，更別說會不會了，可是，我卻不由自主的猛點頭。

和我約好時間，阿海瀟灑的說了聲再見，一眨眼就消失在我的視野裡，留下我獨自回家。

海的美麗與瘋狂

陪外婆澆完菜，回到屋前，阿海全副武裝的出現了，他先對我笑一笑，然後親切的朝外婆叫了聲「阿嬤」。

「阿海，你怎麼這麼早？」外婆問。

阿海指著我說：「昨天我和她約好，要帶她去釣魚。」

「釣魚？」外婆遲疑了一下，說：「好吧！小心一點，你要幫我照顧她喔！」

阿海自信的說：「阿嬤，有我在，你放心啦！」

怕我被太陽晒傷了，外婆將我全副武裝、包得密不通風的，然後在她的叮嚀聲中，我歡天喜地的跟著阿海出發了。

「你認識我外婆呀？」我問。

「拜託！這個村子才多少人，我當然認識啦！」阿海笑著答。

對喔！類似這樣的話，外婆也說過，我怎麼會問這種「白痴」問題呢？為了不讓阿海發覺我的尷尬，我趕緊岔開話題：「你……為什麼要帶我去釣魚？」

「我找你去釣魚，其實只是順便啦！」阿海說：「明天是星期六，會有很多遊客來玩。我家是開飲食店的，有客人會來用餐。我釣了魚，當作店裡的食材，就可以省下一筆買食材的費用了。」

聽了阿海的說明，我不得不又佩服他一次，不過，他說找我釣魚只是順便，卻讓我不太高興，故意閉起嘴巴，不再出聲。

阿海帶我走了一段很長的路，來到一處岩岸上，找了塊較平坦的岩石，幫我把釣竿弄好，兩個人就釣了起來。

「告訴你喔！這裡是我的祕密基地，在這裡，我每次都可以滿載而歸。」

我還在為阿海剛才說的「順便」生氣，依然悶不吭聲。

這時，他釣竿一拉，開始捲線軸，不一會兒，一條魚就被他拉了上來。看到魚，我忘了生氣，驚喜的大叫：「哇！你釣到了！好棒呀！」

阿海把魚放進桶子裡，說：「這只是小意思。」又把魚線甩到海裡，繼續垂釣。沒多久的工夫，桶子裡已有三、四條魚了，而我呢，釣竿卻一點動靜也沒有！

阿海又釣上一條魚，我讚嘆著說：「想不到海裡的生命這麼豐富！」

「海裡不但生命豐富，資源也很多，所以人們應該好好珍惜。」

「還有，海很美，美得讓我想投進它的懷抱。」我又說。

阿海笑笑說：「投進它的懷抱？別說傻話了！真的投進它的懷抱，你就得住在裡面了。」

我不懂阿海說的「住在裡面」指的是什麼，一直盯著他看。

「海溫柔的時候，當然很美；不過它瘋狂起來，卻很可怕。我爸爸就是因為海的瘋狂，就住在裡面了。」阿海指著海說。

「你爸爸又不是魚，怎麼會住在裡面？」我好奇的問。

「我爸爸是漁夫，有一次他出海捕魚，遇到大風浪，船翻了、沉了，再也沒有回來，所以他就住在裡面了。」

聽了阿海的話，我愣住了，原來他爸爸已經……死了！突然間，我覺得他好可憐，之前他說的「順便」，我完全不在意了，兩眼直直的看著海面，沒再說下去。

這時，阿海又釣上了一條魚，我的釣竿依然沒動靜，我有點洩氣了。

阿海安慰說：「你沒親近過海，不知道海的特性，所以釣不到。等你了解它後，就會像我一樣輕而易舉了。」

「海有什麼特性？不就是海水嗎？」我不解的問。

「海水有溫度、海水會流動，海水也會有心情變化，這都是海的特性呀！」

我不是在海邊長大，對海不熟悉，當然不知道海的特性。阿海是，所以他了解，不然魚兒就不會一條接一條的成為他的囊中之物了。

陽光愈來愈強，我早已熱得受不了了。阿海似乎也發覺了，他收回釣竿，說：「愈來愈熱了，休息吧！」

「可是……我還沒釣到。」

「沒關係！待會兒我會幫你處理的。」

回途中，阿海在路旁抽了兩根草，從桶子抓了兩條魚，把草從鰓穿進去，從嘴巴拉出來，再打個結，說：「等一下這兩條魚給你帶回去。」

「這些魚你不是要拿回去當食材嗎？」

「今天收穫不錯，不差這兩條啦！再說，你釣了一個上午，空手回去，不怕被你外婆笑呀？」

外婆？對喔！我怎麼沒想到？阿海雖然是男生，卻比我還細心，我不但佩服他，更發現他有很多值得我學習的地方。

回到家，我把魚交給外婆，外婆問魚是不是真是我釣的。為了給自己留點面子，我給了外婆這樣的答案：是阿海教我、協助我釣的。

外婆沒再問什麼，卻露出一抹詭異的笑。看到外婆的笑，我猜，她應該知道我是在為自己找台階下吧！當下使出我慣有的伎倆——逃離她的視線。

午餐，外婆煮了一條阿海釣的魚吃。新鮮的魚，口感果然不同，吃在嘴裡，彷彿有一種海的味道。阿海說：「海裡的資源很多，人們應該好好珍惜。」沒錯！由於海裡有很多資源，我和外婆才有這條魚可大飽口福！

吃過午餐，外婆睡午覺去了。我晒了一個上午的太陽，很累，也跟著去睡。迷迷糊糊中，我又跟著阿海去釣魚。這次，換阿海「槓龜」、我有所斬獲了——在和魚進行拔河比賽時，我一個不小心，竟被魚拉了過去，整個人掉進海裡，海水像惡魔般瘋狂向我撲來，就在我快要「住進海裡」時，有人伸手拉了我一把。

我睜眼一看，是外婆，她笑咪咪的說：「你睡得夠久了，太陽下到海裡了，該起來了。」

我轉頭看看外面，果然，天色已經暗了，但海浪聲依然響個不停……

假日海灘

早餐後，我照例陪外婆去菜園澆水，外婆卻叫我先幫忙採收青菜，蔥、A菜、番薯葉，還有絲瓜，採了一大堆，像小山似的。

我感到很奇怪，家裡只有我和外婆兩個人吃飯，採這麼多菜，要吃到什麼時候？外婆說，這些菜是要賣給飲食店的，因為她和飲食店有合作關係。

我一直很納悶，外婆年紀這麼大了，為什麼還要種那麼多菜、每天要辛苦的澆水？原來她和飲食店有著合作關係！由此可見，她種的菜是多麼受到歡迎和喜愛！

剛採好菜，屋外傳來「阿嬤！阿嬤！」的叫喚聲，那聲音很熟悉，就是阿海。我和外婆來到屋前，阿海開口說：「阿嬤早，我是來拿菜的。」

阿海是來拿菜的？原來外婆說的飲食店，就是阿海他家的！真是好巧呀！

外婆叫阿海等一下，她把菜打包好，再拿給他。趁著外婆包菜的空檔，阿海問我：下午想不想去看熱鬧？有熱鬧可看，當然好呀！何況我是個閒不住的人，立刻點了點頭。

阿海正要接著說下去，外婆出來了，他趕緊約好碰面的時間和地點，接過外婆手中的菜，說了聲謝謝，再對我使個眼色，轉身就離去了。

「外婆，你說的合作的飲食店，就是阿海他們家的呀？」我問。

「除了阿海他們，還有其他一、二家，只是他們還沒派人來拿罷了。」外婆得意的說。

還有其他一、二家！哇！外婆的生意做得可真大呀！她種的菜，真是夏天的棉被——不是蓋的！

外婆說，假日時，海邊遊客很多，飲食店的生意會變好。村子離市區很遠，出外採買不方便，飲食店知道她有種菜，就向她訂購。一開始只有一家，傳開後，其他家也跟著訂了。

看外婆說得眉開眼笑的，我知道她很自豪，我也知道她正享受著一種種菜的成就感。

外婆午睡前，我告訴她，待會兒要和阿海去「看熱鬧」。外婆「好」了一聲，沒有多說什麼，就放心的進房了。寫完暑假作業，時間差不多了，我依約來到和阿海碰面的地方——他已經等在那兒了。

「你要帶我去看什麼熱鬧？」我問。

「跟我來就是了。」阿海說。

我跟著阿海來到海邊，平常冷清寂寞的沙灘上，突然出現了大批戲水的人潮，果然很熱鬧！

「哇！好多人呀！」我驚叫。

「這種情形只有假日才有，村子裡大部分人家，也只有這時候才能賺一筆錢。」阿海指著人群說。

我「喔」了一聲，沒有接話。

「這麼多人來玩，是因為這片海灘很美。有了垃圾，海灘不美，人就不會來，村子裡的人家少了一筆收入，生活就會不好。這就是我立牌子、撿垃圾的原因。」

阿海說的時候，我靜靜的咀嚼他的每一句話，每咀嚼一次，就有不同的領悟，同時也更敬佩他了。

突然，一陣引擎聲傳來，接著，一輛吉普車駛進了沙灘，把沙灘當作賽車場似的，肆無忌憚的奔馳起來。

阿海咬牙切齒的說：「看！就是有這種沒道德的人！沙灘是給人玩的地方，萬一撞到人了，該怎麼辦？」

25
4 Ft

「找警察來取締呀！」我說。

「有啊！可是警察人力有限，無法整天站崗，只能定時巡邏，這些人就利用空檔溜進來了。」

「嗯！他們的確很可惡！」我附和著。

兩個人同仇敵愾的罵了一會兒，阿海說要帶我去一個「吃不了兜著走」的地方，不要再看那輛喪心病狂的吉普車，以免影響好心情。阿海說的話，常常有言外之意，也常常會有驚喜，我當然很樂意跟著他，去看看什麼是「吃不了兜著走」。

來到一處較寬敞的空地，眼前出現許多攤販，食物的香味撲鼻而來，音樂聲、喧譁聲也不斷傳進耳裡。阿海指著攤販說：「就是這裡，只要逛一圈，保證你『吃不了兜著走』！」

原來阿海說的「吃不了兜著走」是這個意思，我忍不住笑了。

阿海買了兩隻烤魷魚，分給我一隻，兩個人一邊吃，一邊往前逛。

阿海說：「這些攤販原本是自己跑來的，所以常常發生爭執、製造髒亂，經過鄉公所協調，把這裡規畫成販賣區，讓大家都有錢賺，攤販就守規矩了，髒亂也不見了。」

「這裡的鄉公所設想真周到呀！」我說。

烤魷魚還沒吃完，阿海又買了兩份蚵嗲，塞給我一份——看來，我真的得「吃不了兜著走」了。

又逛了一會兒，阿海說他要回店裡幫忙，得先離開。我想到阿海家開飲食店，爸爸不在了，店裡只有媽媽一個人，人手不夠，他當然應該回去幫忙，就跟著他往回走。

回程中，剛才那輛在沙灘上奔馳的吉普車，呼嘯著從我們身邊疾駛而過，把我們嚇了一大跳，我和阿海不約而同的又是一陣同仇敵愾，一搭一唱的，直到分手。

晚餐，我只吃了幾口菜，就停下了筷子。外婆很擔心，問我是不是不舒服。我告訴她，下午和阿海「看熱鬧」時，吃了烤魷魚和蚵嗲，肚子飽了，所以吃不下，沒有不舒服。

外婆聽了，沒再強迫我吃東西，自顧自的扒著飯、夾著菜。

說到蚵嗲，剛才逛攤子時，阿海說改天要帶我去挖野生蚵仔。我沒有挖過蚵仔，更沒挖過野生蚵仔，很期待阿海帶我去——跟阿海在一起，常常有很多驚喜發生，也可知道許多我不知道的事，所以我很期待，萬分的期待……

蚵仔

早上澆完菜後，外婆摘了三、四條絲瓜，說是阿海的媽媽打電話來訂的。

「昨天不是才訂嗎？不夠呀？」我問。

「也許生意好，賣完了嘛！」外婆邊收拾邊說：「雖然只是一條絲瓜，和蛤蜊搭配著煮，就成了一道佳肴，尤其是它的湯汁，喝起來鮮鮮、甜甜的，很多人都喜歡呢！」

蛤蜊和絲瓜！有這道菜嗎？我來了這麼多天，外婆怎麼從來沒煮過？於是，我賴著外婆，要她煮蛤蜊絲瓜。外婆說，菜園裡有的是絲瓜，只要去買蛤蜊，要吃還不簡單。

既然簡單，我就等著大飽口福囉！

外婆把絲瓜交給我，叫我送到阿海他們店裡。來了這麼多天，我的活動範圍只有外婆家和海邊，哪知道阿海他們店在哪裡？

外婆說，村子就這麼大，要迷路都不容易，隨便找也找得到。她手指一指、嘴巴說一說，就催我快送去。

我照著外婆的指示，走了一小段路，發現外婆說的沒錯，隨便找也找得到，阿海他們的店就在眼前了——阿海正蹲在店前洗餐具。

我躡手躡腳的靠過去，使盡吃奶的力氣，喊了聲「哇」。阿海看都沒看我一眼，說：「少來了，我早就看到你了。」

「早就看到我，你還裝作沒事！」我嘟著嘴說。

「你沒看到我在洗餐具嗎？」阿海指著餐具。

「洗餐具你還能看到我來？」說完，我把絲瓜放在阿海身邊，蹲下來看他洗。看了一會兒，覺得很無聊，站起身子就要走。

阿海叫住我，說：「下午老時間、老地方見，我帶你去挖蚵仔。」

「不是說改天嗎？」我問。

「改天就不能是今天呀？」

改天不能是今天？當然可以呀！我尷尬的笑了笑，點點頭，轉身往回走。

中午，外婆果然煮了蛤蜊絲瓜。我雖然對絲瓜沒有特別偏好，雖然是第一次品嘗，卻胃口大開。它的湯汁的確十分美味，蛤蜊的鮮，絲瓜的甜，加上薑絲的香，若不說它是色香味俱全，就真的太過分了！

單單是一道蛤蜊絲瓜，我幾乎沒吃幾口飯，肚子就撐得鼓鼓的，蛤蜊絲瓜果真是海邊美食！

外婆午睡後，為了趕赴阿海的「改天之約」，我快馬加鞭的寫完暑假作業，又快馬加鞭的來到和阿海碰面的地方——就像昨天一樣，他已經裝備齊全的等在那裡了。

走著走著，我問阿海：「店裡只有你和你媽兩個人，忙得過來嗎？」

阿海說：「還好，假日客人多的時候，我阿姨會來幫忙，雖然偶爾會手忙腳亂，還是應付得來。」

我又問：「你打算永遠都住在海邊嗎？」

阿海轉頭看看海面，說：「也許吧！住在海邊也沒什麼不好，既寧靜又單純，而且知道的比你這個都市人還多呢！」

「你……」

原本我想說「你怎麼可以看不起人」，想想也對，從認識阿海那一天起，他不就教了我很多東西、我也向他學了很多東西嗎？於是改口說：「你很臭屁喔！」

阿海笑笑說：「還好啦！」

來到上次釣魚的那處岩岸，阿海帶我下到水邊，說：「這裡的岩石上會附著許多野生蚵仔，我會教你怎麼找、怎麼挖。你要小心一點，萬一掉進海裡，就真的要『住在裡面』了！」

阿海拿出工具，隨便一看，隨手一挖，就挖出一顆小蚵仔，說：「看，就是這個。」然後放進嘴裡，「咕嚕」的吞下去，還問我要不要嘗嘗看。

生的蚵仔，我哪敢嘗？趕緊搖搖頭。阿海笑了笑，低頭繼續挖。我也跟著挖，可是很奇怪，阿海隨便就可找到的蚵仔，我卻怎麼找也找不到；好不容易找到了，卻無法把牠的殼挖開。

阿海指著岩石，教我找、教我挖。在他的指導下，我開始有斬獲了。挖了許久，我腳痠了，手痛了，嚷著不想挖了。阿海把我帶回岸上，指著桶子說：「這就是今天的收穫。」

「哇！有半小桶耶！」我驚叫。

阿海指著海說：「海洋是個大寶庫，只要善待它、善用它，它就會給我們很多寶物，像這些蚵仔就是。」

是啊！像昨天吃的蚵嗲、中午吃的蛤蜊，還有那天吃的魚，不都是海裡的寶物嗎？阿海說的真對！

收拾好東西，阿海叫我跟他回店裡，要請他媽媽做蚵仔料理給我吃。我問阿海：蚵仔要怎麼料理？阿海說，可以做蚵嗲、蚵仔煎，不過這些是小吃，他們店裡沒有。他媽媽通常會把蚵仔裹上酥炸粉，用油炸成蚵仔酥，沾胡椒鹽吃；或是配上酸菜，煮成蚵仔湯……

聽阿海說得活靈活現的，我的口水都忍不住流了出來，滿懷期待的跟著阿海回去，準備好好的滿足滿足口腹之欲！

進到店裡，裡頭已經有一些客人了。阿海還沒開口，一個婦人就沒好氣的說：「阿海，你跑去哪裡了？」

阿海看看她，又看看我，說：「我……」

婦人循著阿海的視線看向我，說：「店裡忙成這樣，你還有時間『把妹』呀？」然後指著我問：「她是什麼人？」

我的臉一陣灼熱，沒等阿海解釋，轉身就衝出店門，往外婆家的方向跑。

啊！真是太丟臉了！那個婦人是阿海的媽媽還是阿姨，我都不知道，竟然冠冕堂皇的想去吃蚵仔料理！還有，阿海為了帶我去挖蚵仔，而誤了回店裡幫忙，一定會被他媽媽大罵一頓，怎麼辦呢？

唉！我真是既丟臉又惹禍呀！……

林投樹的故事

一早，走出屋外，就看到屋旁的竹子被風吹得左搖右晃、吱吱作響。外婆說，有颱風要來，海邊浪會很大，叫我不要去，以免發生意外。

有颱風要來嗎？除了風比平常大一點，天空還是那麼藍，陽光還是那麼熱情的灑下，哪像颱風要來的樣子？

我在屋前坐下，拿小石子在地上無聊的亂畫著。小黑靠了過來，往我身上聞了聞，就在我腳邊躺下來。看到小黑，我覺得有點好笑，剛來時，我還說牠是我這段日子唯一的伴侶呢，結果，我都和阿海玩在一起，把小黑丟在一邊！

忽然，阿海出現了，問我外婆在不在。我起身到門口，往裡頭喊了兩聲，把外婆叫出來。

「阿海，有什麼事嗎？」外婆邊出來邊問。

阿海把手中的塑膠袋遞給外婆，說：「阿嬤，我媽叫我拿這個給你。前兩天貨進太多了，沒有賣完。颱風要來了，怕沒有客人來，放久會壞掉，分一點給你們，請你們幫忙吃。」

外婆接過後，說：「謝謝你呀！回去記得幫我向媽媽道謝。」

「喔！好！」阿海應完，轉身就要離開。

看他要走了，我連忙問：「外婆，我能不能跟阿海出去一下？我不會去海邊的！」

外婆看看我，又看看阿海，說：「去吧！不可以去海邊喔！」

得到外婆的同意，我立刻十萬火急的催阿海往外走。離開外婆的視線後，我問：「昨天那個很凶的女人是誰？」

「她呀！是我媽媽。」阿海說。

「那……我離開後，你有沒有被罵？」

阿海說：「小孩子被罵是天經地義的事，我家只有我一個小孩，你說我會不會被罵？」

我說……當然會！外婆不是說「阿海是村子裡有名的好孩子」嗎？像他這樣的好孩子都會被罵，那些壞孩子不就更該被罵！

知道阿海被罵，我充滿歉意的說：「要不是因為陪我去挖蚵仔，你就不會被罵了，真是對不起！」

阿海手一揮，不在意的說：「是我說要帶你去挖的，你又沒有錯，幹麼說對不起？再說，媽媽罵孩子是權利，孩子被媽媽罵是義務，沒關係啦！」

聽到阿海說：「媽媽罵孩子是權利，孩子被媽媽罵是義務。」，我「噗哧」的笑出來。這個阿海，虧他說得出這種自我解嘲的話！

兩個人邊走邊聊，不知不覺靠近了海邊，我叫著：「喂！我外婆交代我，不

可以到海邊！」

阿海停住腳，想了一下，說：「那……我帶你去我另一個祕密基地。」

又是祕密基地！阿海怎麼會有這麼多的祕密基地？既然是他的祕密基地，一定又會有什麼驚喜，我當然樂意跟去看看。

這次，他帶我往陸地走。爬過一座小沙丘，我在沙丘後方發現一排很奇特的樹——狹長的葉緣有一根根的刺，樹上結了許多黃黃像鳳梨的果實，我又忍不住驚叫：「啊！鳳梨！好多鳳梨呀！」

阿海一聽，大笑說：「拜託！那不是鳳梨，是林投！」

「啊！不是鳳梨呀！怎麼這麼像？」我有點意外。

「那是林投樹。它的主幹很韌，風吹時，它只會左右搖擺，不容易斷掉，所以被種來當防風林。它還可以擋住被海風颳過來的沙子，避免陸地沙灘化。剛才我們爬的沙丘，就是它擋下來的。」

我仔細想想，對呀！剛才爬的沙丘是一條長長的，林投樹是一排長長的，兩者正好平行，可證明沙是被林投樹擋下的。我又學到一項知識，真好！這都拜阿海所賜！

阿海又指著一些高大的樹木說：「那些叫作『木麻黃』，別看它長得高高的，它也是種來當防風林的喔！只要在海邊，一定能看到它。」

我顧不了「木麻黃」，還是「木麻黑」，問：「你說的祕密基地呢？」

阿海帶我再往前走一小段，來到一座涼亭下，說：「就是這裡。小時候，我爸常帶我來這裡玩。他去世後，我只要想他，就到這裡來。在這裡，我就會覺得『他在我身邊』，也會覺得他在和我說話。」

眼前這座涼亭，原來就是阿海的另一個祕密基地！在這個祕密基地裡，他可以和他爸爸「見面」！於是我不再出聲，讓他們父子倆好好聊一聊。

沉靜了一會兒，阿海突然問：「楊雅芳，你聽過林投樹的故事嗎？」

林投樹的故事？林投樹有什麼故事？

我搖搖頭，表示沒聽過。

阿海像是自言自語，又像是講給我聽似的，講起了林投樹的故事。當他講到有個叫林投姐的女子在林投樹上吊而死時，我心裡發毛了，雞皮疙瘩也浮了起來。一陣風吹來，把林投樹吹得沙沙響，我更覺得陰風凜凜，連忙催阿海把我帶離這個地方。

這個阿海真是的！我好心閉上嘴巴，讓他和他爸爸好好的聊一聊，他卻請林投姐出來嚇我，真是好心沒好報！

下午，變天了，藍天和太陽不見了，天空變得灰暗暗的，風也更強了，海浪拍打岸上的聲音也愈來愈大聲。我確信外婆說的是真的：颱風要來了！

以往颱風來，我是躲在鋼筋水泥屋裡，這次，卻是待在傳統三合院裡，颱風真正來襲時，會是怎樣的景象？

說到颱風，我想到上午阿海帶我去看的那排林投樹；想到林投樹，我也想到那位在林投樹上吊的林投姐，發毛的感覺又出現了，雞皮疙瘩又浮了起來。於是，趕緊找到外婆，緊緊的黏在她身邊……

同病相憐

趁著天還沒暗，我協助外婆把所有門窗檢查一遍，比較鬆脫的地方都釘牢、綁緊。

外婆說，這座三合院年紀很大，很多地方都老化了，若不把這些基本工作做好，萬一被風吹壞了，教我們這一老一小兩個女人怎麼辦？

聽外婆這麼說，原本不太擔心的我，開始擔心了。我一直覺得外婆住的這座三合院缺乏安全感，隨時有被地震震垮、被颱風吹倒的可能。想想，如果半夜裡颱風真的把房子吹垮了，我和外婆該如何是好？不是叫天不應、叫地不理嗎？

剛才外婆提到「一老一小」，讓我想到了阿海。阿海家雖然不是「一老一小」，卻也是「一大一小」，少了一個男主人當依靠，他們現在應該也很擔心吧！

不過，他們比我們幸運，因為房子是鋼筋水泥的，不怕被風吹倒，而且阿海是男生，雖然只是小孩子，至少比較大膽，可以當他媽媽的依靠……

就在我胡思亂想的時候，外婆叫吃飯了。餐桌上，擺著那道蛤蜊絲瓜，雖然味道很吸引我，但我的心七上八下著，一點胃口也沒有。

外婆發現我的不對勁，問：「你不是很喜歡蛤蜊絲瓜？怎麼沒看你吃？」

我夾了一塊絲瓜放進碗裡，擔心的問：「外婆，颱風若是來了，會不會把房子吹倒？」

外婆說：「放心！這座三合院雖然很老了，我在這裡住了一輩子，不知遇過幾十個颱風，它也沒倒過呀！」

我環顧屋內一圈，又問：「那萬一……海水打過來，我們怎麼辦？」

「別擔心！我們這裡離海比較遠，海水打不到的。」

「那如果……」

我還沒問完，外婆就打斷我：「好了，快吃吧！再不吃，飯菜都涼了。吃完去睡覺，只要睡著了，什麼事都不會發生。明天醒來後，颱風就過去了。」

入夜後，風更強，雨更大，颱風真的來了。我躺在床上，聽著狂風製造出來的各種聲音，怎麼也睡不著。

狂風發出陣陣呼呼的吼聲，在它的吼聲中，屋旁的竹子也跟著咿歪咿歪的呻吟著。海邊海浪拍打岸上的嘩嘩聲，比平常更大、更響。在一波一波的嘩嘩聲中，夾著低沉的轟隆轟隆聲，好像萬馬奔騰似的，令人不寒而慄。

那天，阿海說：「海瘋狂起來，是很可怕的。」，現在，大概就是它瘋狂的時候吧！

忽然，「碰」的一聲響起，把我嚇得從床上彈起來，我再也忍不住了，趕緊衝進外婆房間，告訴她我很害怕，我要和她一起睡。

外婆讓我睡在床的內側，不斷安撫我，叫我別害怕，叫我快睡著，只要睡著了就沒事。

我躺在外婆身旁，雖然有了安全感，卻依然沒有睡意。狂風的呼呼聲、竹子的呻吟聲，還是那麼明顯；海浪的嘩嘩聲和轟隆聲，依舊那麼震耳。聽著聽著，身旁的外婆竟然不知不覺的發出了打呼聲。

在這個風狂雨大的颱風夜裡，外婆竟然可以老神在在的入睡，我真是太佩服她了！我努力不去聽那些讓我睡不著的聲音，反過來專心數著外婆很有節奏的打呼聲，一、二、三、四……

張開眼睛，天已經亮了，從窗子看出去，雨小了，風弱了，那些可怕的聲音大多消失了，只海浪拍打岸上的嘩嘩聲繼續響著。

找到外婆時，她正在菜園裡收拾殘局。經過一夜狂風暴雨的肆虐，絲瓜棚倒了幾根柱子，許多青菜也被打爛了。看到外婆辛苦的樣子，我立刻進到菜園，幫外婆重搭絲瓜棚、把被打爛的青菜處理掉。

看著菜園裡的一片狼藉，外婆將有一段時間無法供應青菜給飲食店了。頓時，我覺得外婆很可憐，同時我也很氣颱風，是它讓外婆的心血毀於一旦的！

可是外婆卻很看得開，她說，棚子倒了，再搭；青菜爛了，再種。只要人活著，絲瓜會再結，青菜會再長，沒什麼好怨天尤人的。

我思索著外婆的這些話，又想到她昨晚老神在在入睡的情形，終於發現：即使外婆平時一個人孤零零的住在海邊，卻依然過得健康、適意，應該就是這種樂天知命的個性所使然的吧！

折騰了一陣子，菜園又像菜園了，外婆擦擦臉上的汗水，說：「好了，再過不久，又有新的青菜長成了。」

「外婆，你好棒喔！」我拍手叫著。

回到屋裡，阿海穿著雨衣出現了。外婆問：「阿海，風雨還沒過，你來做什麼？」

「我媽叫我來看看你們有沒有怎麼樣。」阿海說。

「喔！回去跟你媽媽講，我們很好。」

「好，我會的。」

阿海轉身就要離去，外婆叫住他，說：「海邊風浪很大，今天你們不要去海邊了。」

阿海說：「阿嬤，你放心，我不會帶她去啦！我走了，再見。」

一眨眼，阿海就不見了蹤影。我問外婆：「阿海的媽媽很關心你喔？」

外婆笑笑說：「當然啦！我們雖然年紀有段差距，卻是同病相憐，所以要互相好一點。」

外婆那句「同病相憐」，我想了好久才想通：外婆沒了外公，阿海媽沒了阿海爸，這是「同病」；外婆提供青菜給阿海媽，阿海媽不時過來關心外婆，這就是「相憐」！

想不到這個小小的漁村裡，人情味是這麼的濃！難怪外婆願意一直住在這裡，也難怪上次我問阿海，是不是打算永遠住在海邊時，阿海會回答「住在海邊也沒什麼不好」，我終於體會到了！

海的聲音

原本想去幫外婆澆菜，外婆說剛下過雨，泥土裡都是水分，溼度夠了，再澆的話，青菜會被「淹死」，要我不用澆。

既然不用澆，有什麼事可做呢？昨天颱風來，一整天都關在家裡，我都快悶出霉了，徵得外婆的同意後，我決定到外面走走。走著走著，來到我平常和阿海碰面的地方，恰巧遇到了阿海。

「你也在這裡？好巧呀！」我說。

「才不巧呢！我是專程來等你的。」阿海說。

「等我？有事嗎？」

「沒事啦！颱風剛過，店裡沒客人，我悶得慌，所以來這裡碰碰運氣，看能不能等到你，一起去逛逛。」

「去哪裡逛？」

阿海低頭想了想，說：「去海邊！我們去看看海邊的慘狀。」

慘狀？海邊會有什麼慘狀？我很好奇，邁開腳步，跟著阿海往海邊走去。一到海邊，我愣住了，原來乾淨、漂亮的沙灘上，堆滿了漂流木和垃圾，看起來，就像一座垃圾場！

阿海說，這些漂流木和垃圾都是被海浪打上來的。看到眼前這幅亂象，我耳邊又想起阿海之前說的「海瘋狂起來，是很可怕的。」，果然沒錯！

我問阿海：「你要不要去撿這些漂流木和垃圾？」

阿海笑一笑，搖著頭說：「拜託！這麼多，我一個人哪撿得完？不過，要撿也不是現在，我們村子裡組了一個自助會，村長會找時間把大家集合起來，一起做淨灘的工作。」

「真的呀？村子裡的人好有愛心喔！」我驚叫著。

阿海說：「這片沙灘是村民的經濟來源，漂流木和垃圾沒清乾淨，遊客不會來，村民的生計就會有問題，所以大家都很樂意幫忙淨灘。」

喔！我懂了！原來這就是組「自助會」的原因，果然是自助！

忽然，救護車的警笛聲由遠而近響起。我和阿海不約而同的轉頭看過去，一輛救護車和兩輛警車疾駛而來，在岸邊停住後，一群警察和救護人員下了車，快速向沙灘上跑過去，然後停下來，圍著一個標的物看。

我和阿海的視線一直跟著他們，看了一會兒，阿海嘆口氣說：「唉！我爸爸又多了一個鄰居了！」

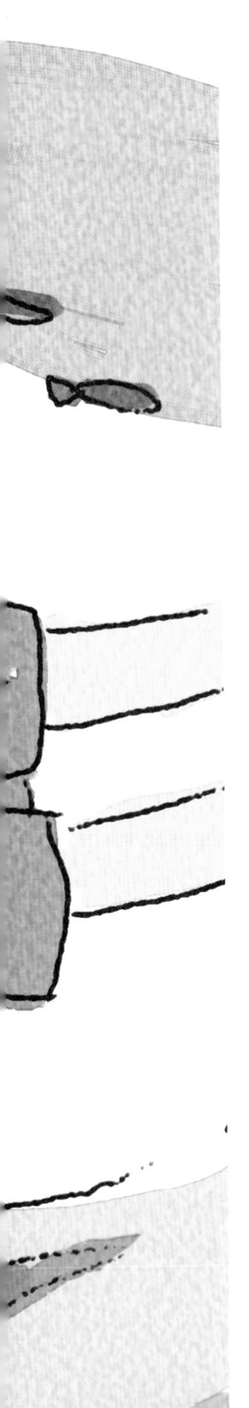

多了一個鄰居？是什麼意思？我不解的看著阿海。

阿海說：「看！警察在那裡圍起了封鎖線，表示有人發生意外了，而且很有可能是掉進海裡淹死的。我爸爸也是死在海裡，這樣，不是多了一個鄰居嗎？」

聽了阿海的解釋，我覺得很好笑，卻不敢笑出來。

阿海說：「每次颱風來的時候，總有些喜歡湊熱鬧的人到海邊來觀浪，或是釣魚，警察也總得出動人力驅離，三催四請之後，有些人還大言不慚的向警察嗆聲。」前天傍晚，又有人到海邊釣魚，警察開著警車、用擴音器勸他離開。沙灘上躺著的那個他爸爸的「鄰居」，說不定就是昨天那個釣客……

什麼！颱風天還出來釣魚！這個人不但自找麻煩、浪費警力，還真是……

經過好一段時間後，救護人員抬著擔架往岸上走，警察也散了，警笛聲再次響起，由近而遠，漸漸聽不到了，這齣「颱風後遺症」才落了幕，另一齣生離死別又展開序幕！

「海溫柔的時候，很美；不過它瘋狂起來，卻很可怕。」」，所以，要親近海，就要在它溫柔的時候；當它瘋狂時，最好敬鬼神而遠之，才不會又變成阿海他爸的「鄰居」，然後上演一齣生離死別的悲劇。

咦！我怎麼突然變得這麼懂哲理了？哇！真是太佩服我自己了！

阿海突然跳進垃圾堆中，蹲下去，好像在撿東西。一會兒，他爬了上來，伸手在我面前一攤，說：「來！這個給你。」

我低頭一看，哇！是一個貝殼！比上次那個還大、還漂亮！

「它是不是被海水沖上來的？」我問。

阿海點點頭說：「是！」

我接了過來，仔細把玩著。

阿海說：「你把它貼在耳朵邊，仔細聽，可以聽到海的聲音喔！」

我照著阿海的話做，果然有「呼呼」的聲音，忍不住大叫：「哇！真的耶！

好像喔！」

阿海笑笑說：「對呀！它不但可以供人欣賞，還可以讓人『聽海』呢！」

我把貝殼貼在耳邊，聽了又聽，百聽不膩。阿海突然推我一下，說：「快中午了，該回去了，不然……我又要挨罵了。」

哎呀！對喔！我怎麼忘了？上次才害阿海被他媽媽罵，這次絕不能再害他了。於是我放下貝殼，轉身往回走。

走了幾步，我不由自主的回頭看了看海灘，那些漂流木和垃圾，說多討厭就多討厭！不過沒關係，不久之後，村子裡的自助會就會把它們清得一乾二淨，還給沙灘原來的美。這樣，遊客就會絡繹不絕的湧來，村民們也不用擔心沒收入了。

回到家，我興高采烈的把貝殼貼在外婆的耳邊，讓她聽海的聲音。外婆聽了又聽，一直嚷著：哪有什麼海的聲音？

我以為海的聲音跑掉了，把貝殼貼近自己耳邊，「呼呼」的聲音依然還在，外婆怎麼說沒有呢？我要外婆再聽聽看。

外婆說：「那是你們年輕人的東西，我聽不懂。」

我說：「你仔細聽就聽懂了嘛！」

外婆還是不肯聽。好吧！那我就自己享受囉！我坐在屋前，很有耐心的一直聽、一直聽，一直聽到外婆叫我吃飯了，還意猶未盡的捨不得放下……

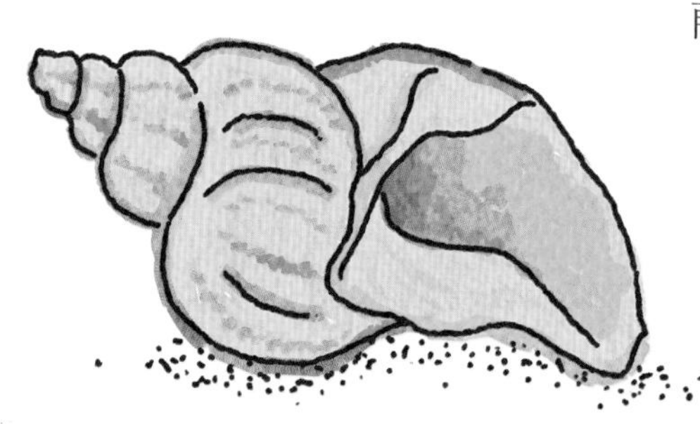

最後一天

昨天晚上，媽媽從國外打電話回來，說她和爸爸今天中午將回到台灣，叫我先把東西整理好，傍晚要來接我回家。

聽到爸爸媽媽要回來了，我才瞿然驚覺：這些日子天天和阿海玩在一起，我都幾乎忘了爸爸媽媽的存在了，說起來，還真是不孝呢！

爸爸媽媽要回來了，我高興得一夜都沒睡，滿腦子想的都是他們會帶什麼東西回來給我。我最愛的巧克力嗎？不！除了巧克力，我相信應該還有其他東西，不然，爸爸媽媽就太「對不起」我了！

早上起床後，我還一直沉浸在爸爸媽媽即將回國的興奮中。忽而想到：爸爸

媽媽如果接我回家了，今天將是我待在這個漁村的最後一天，阿海還不知道這件事，到時我如果不告而別，他會不會很錯愕？很失望？

想了又想，我決定告訴阿海。來到平常和阿海見面的地方，我也「碰運氣」的等著。只是等了許久，阿海都沒出現。後來，我等不及了，乾脆到他家去找他。

快到他家的時候，我想到上次他媽媽罵人的樣子，不由得停下腳步，遠遠的望過去，看能不能望到阿海。

望了好一陣子，阿海終於現身了。我立刻衝出去，叫他跟我走。確定不會被他媽媽看到後，我停下來，說：「我……要告訴你一件事。」

「看你一副神祕兮兮的樣子，有什麼大事？」阿海盯著我問。

「我爸爸媽媽要回國了，今天就會接我回家。」

阿海聽了，愣了一會兒，問：「他們……什麼時候來接你？」

「我媽說傍晚的時候。」

「這樣啊！這麼說……今天是你在這裡的最後一天囉！」阿海若有所思。

「對呀！」我點著頭答。

「好，那……我知道了。」阿海說。

向阿海道別後，我轉身就往回走，準備回去整理東西。走了幾步，我不經意的回頭看了看，阿海還站在原地，向我這邊看來。

看到阿海看我，我心頭一震，想著：這樣直接告訴他，會不會太突然了？這些日子他幾乎天天陪著我玩，現在我要離開了，他會不會「捨不得」？

不過，這些都是我一廂情願的想法，阿海是不是這樣想，我不是他，所以不

知道。我向阿海揮揮手，喊了聲再見，頭也不回的直奔外婆家。

爸爸媽媽回來了，哇！真好！

我把帶來的衣服、褲子放進旅行箱裡，再把暑假作業收到手提袋中，還有阿海撿給我的兩顆貝殼，也一併放了進去。

看到我興致勃勃的收拾東西，外婆說：「雅芳，暑假還很長，留下來多住幾天嘛！」

「外婆，我已經住了很多天了，我想回家了。」我說。

外婆低下頭，嘆口氣，說：「想不到日子過得這麼快！你剛來住的時候，我不習慣。好不容易習慣了，你卻要走了，我又要不習慣了。」

聽外婆這麼說，我忽然不知道該怎麼接下去，只好默默的看著外婆，靜靜的打量著屋裡的每個角落……

接近中午時分，阿海忽然出現了，兩手還提著一個小湯鍋。

「阿海，你手上拿的是什麼？」外婆問。

阿海說：「是……蚵仔湯。」

「蚵仔湯？哪兒來的蚵仔湯？」外婆又問。

阿海放下小湯鍋，一邊甩甩手，一邊說：「我媽煮的。上次我說要請楊雅芳喝蚵仔湯，結果因為……所以沒請到。她今天要回去了，我怕她沒喝到，所以特地拜託我媽媽煮的。」

外婆好像懂，又好像不懂的看看我和阿海，然後好像懂的「喔」了一聲。

阿海把我叫到一旁，低聲說：「蚵仔湯你要喝喔！不然，就對不起我！」

我看著阿海，不清楚他為什麼說：不喝蚵仔湯就對不起他。

阿海又說：「早上聽你說要回去了，我趕快跑去挖新鮮的蚵仔，求我媽媽煮。你看，因為太趕了，我的手還劃破了幾個洞。」

聽阿海這麼說，突然間，我好感動，感動得想哭。再看看他的手，果然有幾道傷痕，我更想哭了……

外婆叫阿海留下來吃午飯，他說要回店裡幫忙，對我說了聲再見，一眨眼，人就消失了。

中午，我喝著阿海送來的蚵仔湯。喝著喝著，在搖晃的湯碗中，我彷彿看到阿海蹲在海邊挖蚵仔的身影，頓時，嘴裡的蚵仔湯變了味……

還不到傍晚，爸爸媽媽就來了。他們帶了很多東西來給外婆，感謝外婆這些日子對我的照顧。

看到爸爸媽媽，我當然很興奮，但興奮之餘，卻有一絲絲失落——即將離開外婆的失落，還有，離開阿海的失落！

本來，我應該可以高高興興回家的，但阿海那鍋蚵仔湯，卻讓我的心泛起了漣漪。哎！什麼蚵仔湯嘛！阿海若是不要送來，不就什麼事都沒了嗎？可是他偏偏要送來！

爸爸、媽媽和外婆聊了一陣子後，說還有很多事要處理，催著我把東西送上車，準備回家。我以為阿海會來送我，拖拖拉拉的等了又等，就是不見他的人影，最後，我只好失望的上了車。

引擎發動了，車子前進了，我依依不捨的轉頭看出去，阿海還是沒出現，只有外婆不停的向我們揮手。

我也舉起手，不停的揮了又揮，再見，外婆！再見……阿海！明年暑假，我一定會再來！

「好了！你手不會痠呀？都已經看不到外婆了，還揮什麼？」媽媽說。

揮什麼？當然是揮手呀！至於是揮向誰，這是我心裡的祕密！

再見！海男孩

菜園裡的瓜棚下，結了大大小小的絲瓜。

看到這些絲瓜，我想到去年暑假，颱風把瓜棚的柱子吹倒了，外婆重新搭起後，很樂觀的說「棚子倒了，再搭；青菜爛了，再種。只要人活著，絲瓜會再結，青菜會再長。」這一年來，外婆依舊那麼健康，所以絲瓜結了，青菜也長得很肥美。

我希望這個暑假，颱風別再來，即使來，只要輕輕掃過就好了，不然，外婆又要重搭棚子、重種青菜，那可是很辛苦的呢！

「外婆，我……想回家了！」我說。

外婆一聽，先是一愣，接著問：「才來幾天，怎麼突然要回家了？」

我不想讓外婆知道真正的原因，隨便編了個理由：「因為……我英文不太好，我想……去學英文。」

「學英文呀？英文很重要，應該要學！」外婆信以為真。

我拿起電話筒，打給媽媽，請她下午來接我回家。

媽媽聽到我要她接我回家，劈口就念了一長串：你到底在玩什麼把戲？一放假，就吵著去外婆家，去不到幾天，又吵著要回來。去接你？我要請假耶！你把我當什麼了？專屬司機嗎？……

不管媽媽怎麼說，我的心意已決，執意要她來接我。

整理好東西，徵得外婆的同意後，我走向海邊。

再次爬上那顆我和阿海初識的石頭上，看著旁邊那塊寫著「請勿隨意丟棄玻璃」的牌子。牌子還是牌子，不過字褪色了、斑駁了，當初立它的人也不在了！

我想到去年阿海送我第一顆貝殼時說的話「它的主人活著的時候，背著它在海底世界爬來爬去，享受生命的樂趣。主人死後，留下它，讓人類撿了、觀賞它的美，甚至用來珍藏。」

阿海活著的時候，努力愛這片沙灘、照顧這片沙灘；他走了後，留下這些牌子，繼續提醒、警告遊客。貝殼可以讓人們欣賞、珍藏，這些牌子卻不行，經過風吹雨打，最後會倒掉，阿海就完全消失，想起來，真令人不勝唏噓呀！

遠方那一處岩岸，彷彿還有阿海甩竿、釣魚的英姿；那一排林投樹後的涼亭，彷彿也還有阿海和他爸爸「聊天」的畫面……

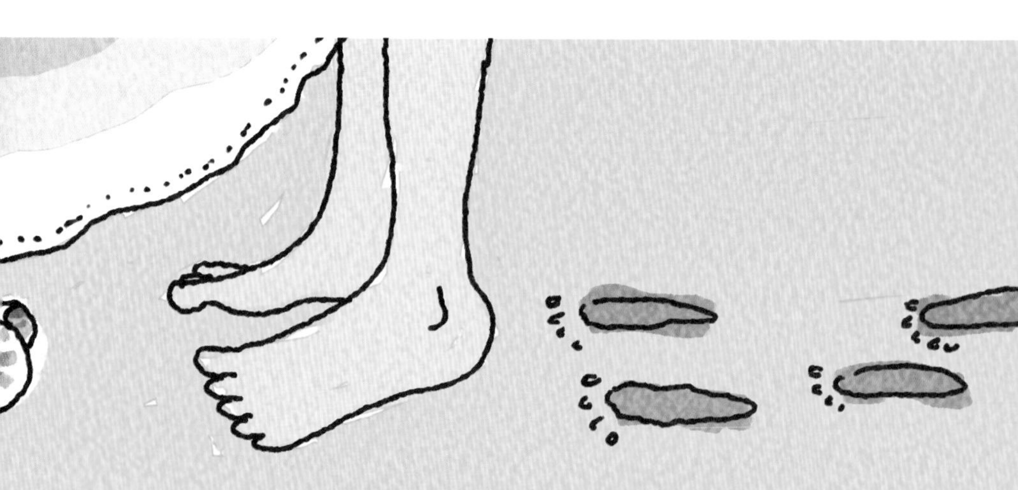

喔！不！他們父子倆現在應該在某一個未知的空間裡，一起做什麼事吧！

回程時，我特地繞經阿海家的飲食店。本來我只是想順道看一看，走到店門前，我卻停住了腳，不由自主的看進去。裡面是冷冷清清的，一個人也沒有。

就在我準備離開時，一個婦人——阿海媽媽走了出來，看到我，問：「小妹妹，你有什麼事嗎？」

「我……我是……阿海的朋友。」我吞吞吐吐著。

「阿海的朋友……」阿海媽媽側頭想。

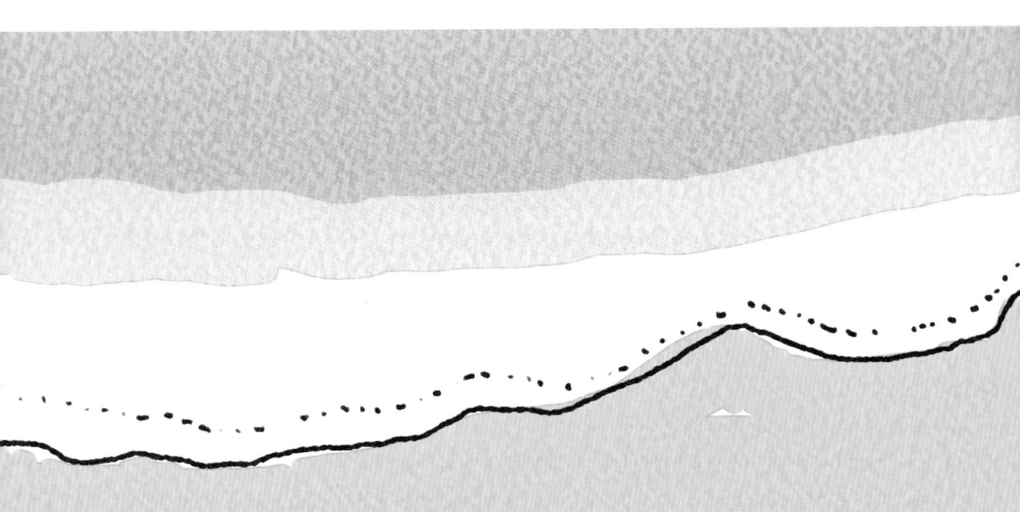

「我今天就要回去了，所以來……看看……」

我還沒說完，阿海媽媽就嚷著說：「啊！我知道你是誰了！你就是……阿海曾經對我說過！你就是那個……」

阿海媽媽還沒說出來，我向她說了聲再見，轉身就離開。

午餐，外婆又煮了那道蛤蜊絲瓜。看著蛤蜊絲瓜，我卻想著蚵仔湯。

去年住在外婆家的最後一天，阿海提了一鍋蚵仔湯來給我喝，當時，我感動得差點哭出來。同樣要回家了，同樣是最後一餐，我好希望阿海能再提一鍋蚵仔湯來，讓我再感動一次，只是，再也不可能了！

「雅芳，快吃呀！你不是很喜歡吃蛤蜊絲瓜？」外婆催促著。

我「喔」一聲，舀了一些湯喝。絲瓜還是那麼甜，蚵仔還是那麼鮮，但是，味道卻淡了。

午餐後不久，媽媽來了，她一下車，就像連珠炮似的念著沒完，念的當然還是上午那些話：你把我當什麼？專屬司機嗎？一放暑假，你就催我把你送來外婆家。現在呢，你卻吵著要回家，還要我請假來接你，真不知你在玩什麼把戲！她愈說愈大聲，愈說愈激動。外婆看不下去了，說：「小孩子嘛！幹麼跟她計較那麼多！」

「哼！都怪我把她寵壞了！」

「既然是你把她寵壞的，該怪的是你，幹麼罵她？」

我不管媽媽怎麼念、怎麼罵，自顧自的把東西丟進車裡，跟著準備上車。

突然，好巧，阿海媽媽跑著來了，她不管旁邊是否有外婆、媽媽在，直接衝到我身邊，交給我一個更大的貝殼，說：「這是阿海『走』之前，要我交給你的。他說什麼……可以聽海的聲音，哎！你自己聽吧！」

然後，她向外婆打個招呼，向媽媽點了個頭，嚷著回去看店了。

我拿著貝殼，看了又看，再把它貼近耳邊，靜靜的聽著。哇！有耶！這次，海的聲音更大、更美了。我仔細的聽著，陶醉在海的聲音中。

車子向前開了不久，媽媽問：「雅芳，剛才那個女的是什麼人？」

「她……是阿海的媽媽。」我看著外面答。

「阿海？那阿海又是誰？」媽媽再問。

我把頭趴在窗子上，任由風吹拂我的臉，說：「阿海是她的孩子，也是……海的孩子。」

媽媽一聽，沒好氣的說：「雅芳，你是不是哪裡不對勁了？怎麼盡說些莫名其妙的話！」

不對勁？不會吧！我很正常，一點都沒有不對勁呀！

我悄悄拿出貝殼，小心的放在手掌上，看著看著，「它曾經是個生命」又在耳畔響起……

再見，阿海！再見了，海男孩！

國家圖書館出版品預行編目資料

再見！海男孩／李光福作；林俐繪圖. --初版 .
--台北市：幼獅，2012.03
面； 公分. --（多寶槅.文藝抽屜；184）

ISBN 978-957-574-862-3（平裝）

859.6 101001009

・多寶槅184・文藝抽屜

再見！海男孩

作　　者＝李光福
繪　　圖＝林俐
出 版 者＝幼獅文化事業股份有限公司
發 行 人＝李鍾桂
總 經 理＝廖翰聲
總 編 輯＝劉淑華
主　　編＝林泊瑜
編　　輯＝周雅娣
美術編輯＝李祥銘
總 公 司＝10045台北市重慶南路1段66-1號3樓
電　　話＝(02)2311-2832
傳　　真＝(02)2311-5368
郵政劃撥＝00033368

門市
・松江展示中心：10422台北市松江路219號
電話：(02)2502-5858轉734　傳真：(02)2503-6601
・苗栗育達店：36143苗栗縣造橋鄉談文村學府路168號（育達商業科技大學內）
電話：(037)652-191　傳真：(037)652-251

印　刷＝祥新印刷股份有限公司
定　價＝220元
港　幣＝73元
初　版＝2012.03
書　號＝986244

幼獅樂讀網
http://www.youth.com.tw
e-mail:customer@youth.com.tw

行政院新聞局核准登記證局版台業字第0143號

幼獅文化公司／讀者服務卡／

感謝您購買幼獅公司出版的好書！
為提升服務品質與出版更優質的圖書，敬請撥冗填寫後（免貼郵票）擲寄本公司，或傳真（傳真電話02-23115368），我們將參考您的意見、分享您的觀點，出版更多的好書。並不定期提供您相關書訊、活動、特惠專案等。謝謝！

基本資料

姓名：……………………先生／小姐

婚姻狀況：□已婚 □未婚　職業：□學生 □公教 □上班族 □家管 □其他

出生：民國…………年…………月…………日

電話：（公）…………（宅）…………（手機）…………

e-mail：……………………

聯絡地址：……………………

1.您所購買的書名：**再見！海男孩**

2.您通常以何種方式購書?：□1.書店買書 □2.網路購書 □3.傳真訂購 □4.郵局劃撥
（可複選）□5.幼獅門市 □6.團體訂購 □7.其他

3.您是否曾買過幼獅其他出版品：□是，□1.圖書 □2.幼獅文藝 □3.幼獅少年
□否

4.您從何處得知本書訊息：□1.師長介紹 □2.朋友介紹 □3.幼獅少年雜誌
（可複選）□4.幼獅文藝雜誌 □5.報章雜誌書評介紹…………報
□6.DM傳單、海報 □7.書店 □8.廣播（　　）
□9.電子報、edm □10.其他…………

5.您喜歡本書的原因：□1.作者 □2.書名 □3.內容 □4.封面設計 □5.其他

6.您不喜歡本書的原因：□1.作者 □2.書名 □3.內容 □4.封面設計 □5.其他

7.您希望得知的出版訊息：□1.青少年讀物 □2.兒童讀物 □3.親子叢書
□4.教師充電系列 □5.其他

8.您覺得本書的價格：□1.偏高 □2.合理 □3.偏低

9.讀完本書後您覺得：□1.很有收穫 □2.有收穫 □3.收穫不多 □4.沒收穫

10.敬請推薦親友，共同加入我們的閱讀計畫，我們將適時寄送相關書訊，以豐富書香與心靈的空間：

(1)姓名…………e-mail…………電話…………

(2)姓名…………e-mail…………電話…………

(3)姓名…………e-mail…………電話…………

11.您對本書或本公司的建議：

廣　告　回　信
台北郵局登記證
台北廣字第942號

請直接投郵　免貼郵票

10045　台北市重慶南路一段66-1號3樓

幼獅文化事業股份有限公司 收

請沿虛線對折寄回

客服專線：02-23112832分機208　傳真：02-23115368

e-mail：customer@youth.com.tw

幼獅樂讀網http：//www.youth.com.tw